DE LA RÉPUBLIQUE EN FRANCE

OU

DE SES CONSÉQUENCES DÉSASTREUSES

DANS LE PASSÉ

ET DES MALHEURS INÉVITABLES DONT ELLE NOUS MENACE

ÉTUDE CRITIQUE

DÉDIÉE

A M. le Baron Joseph de CARAYON-LATOUR, Sénateur

Par J. SAUJEON père
Ancien chef d'atelier

PRIX : 1 fr.
Au profit des écoles libres de la Gironde

BORDEAUX
IMPRIMERIE-LIBRAIRIE DE L'ŒUVRE DE SAINT-PAUL
30, PLACE PEY-BERLAND, 30

1882

DE LA RÉPUBLIQUE
EN FRANCE

OU

DE SES CONSÉQUENCES DÉSASTREUSES

DANS LE PASSÉ

ET DES MALHEURS INÉVITABLES DONT ELLE NOUS MENACE

ÉTUDE CRITIQUE

DÉDIÉE

A M. le Baron Joseph de CARAYON-LATOUR, Sénateur

Par J. SAUJEON père
Ancien chef d'atelier

BORDEAUX
IMPRIMERIE-LIBRAIRIE DE L'ŒUVRE DE SAINT-PAUL
30, PLACE PEY-BERLAND, 30

1882

DÉDICACE

A Monsieur le Baron Joseph de CARAYON-LATOUR

Monsieur le Baron,

Je viens humblement vous prier de vouloir bien agréer la dédicace d'une simple étude, d'un humble essai, dois-je plutôt dire, sur la République en France et ses conséquences désastreuses.

La haute situation que vous font parmi nous, Monsieur le Baron, et la dignité sénatoriale dont vous êtes revêtu, et votre héroïque conduite à la tête des mobiles de la Gironde durant le deuil néfaste de 70, donnera à cet opuscule, en m'engageant à le placer sous les auspices d'un nom si glorieux, le charme et l'intérêt qu'il n'eût pu obtenir par lui-même, et lui attirera peut-être l'attention d'un de ces lecteurs, dont la masse, dévoyée ou pervertie par l'enseignement trop souvent immoral des feuilles publiques, fait aujourd'hui le grand danger de la patrie.

Espérons que l'union et les efforts de plus capables, mais non de plus vaillants que moi, arrêteront le flot jusqu'ici montant de l'envahissement révolutionnaire. J'ai pensé du moins que ma pierre, si minime qu'elle fût, aiderait peut-être à l'endiguement des idées et des passions mauvaises.

C'est dans ces pensées, et avec les sentiments du plus profond respect, que j'ai l'honneur d'être, Monsieur le Baron,

Votre très humble, très reconnaissant et très dévoué serviteur,

J. SAUJEON père,

Ancien chef d'atelier.

A CELUI

QUI PORTA SI NOBLEMENT ET SI COURAGEUSEMENT

L'ÉPÉE DURANT NOS DÉSASTRES;

QUI RÉSISTA DEPUIS

AVEC TANT D'ÉNERGIE ET DE CONSTANCE, DANS LE SEIN

DE L'ASSEMBLÉE LÉGISLATIVE,

AUX PARTIS CONJURÉS CONTRE LA ROYAUTÉ LÉGITIME;

QUI, A CETTE HEURE ENCORE,

NE CESSE, DU HAUT DE LA TRIBUNE DU SÉNAT,

DE DÉFENDRE, DE SON ÉLOQUENTE PAROLE,

LA CAUSE SACRÉE

DU DROIT ET DE LA CHARITÉ CHRÉTIENNES,

RECONNAISSANT HOMMAGE DE L'AUTEUR,

J. SAUJEON père.

AVERTISSEMENT

Les motifs principaux qui m'ont inspiré le dessein de cette courte brochure, sont, d'une part, le spectacle des misères présentes, des crimes sans nom et de toute espèce dont la série se déroule tous les jours de plus en plus pressée devant nos tribunaux et dans les récits quotidiens des journaux; de l'autre, le souvenir odieux de cette époque maudite, où d'ignobles bourreaux, siégeant dans les commissions gouvernementales, firent couler à flots le sang le plus pur et le plus généreux de la France.

Nos vénérables grands-parents ne furent-ils pas eux-mêmes persécutés, malgré leur condition obscure, par un régime dont le mot d'ordre semblait cependant ne devoir viser que les grands? Ils furent néanmoins dénoncés, puis décrétés d'arrestation, pour avoir, contrairement aux dispositions liberticides des lois conventionnelles qui frappaient d'ostracisme de vertueux et inoffensifs citoyens, caché ou hébergé des ministres de Dieu.

Remis en liberté quelques jours après, avec menace de la mort s'ils retombaient dans leur « crime, » Dieu sait s'ils tinrent parole! Leur conscience ne leur commandait-elle pas de se dévouer au péril même de l'échafaud?

Or, depuis que j'ai connu l'horrible histoire de ces temps impies, j'ai conservé dans mon cœur de Chrétien et de Français, la haine la plus profonde contre une Révolution à la fois ennemie de la religion et de la patrie. Non, rien ne saurait vaincre et la haine et le dégoût persévérants que m'inspirent ces doctrines. Et c'est parce que j'en vois plus que jamais aujourd'hui les fruits funestes, c'est parce que nos gouvernants en poursuivent aujourd'hui sur les masses l'application logique, que, dirigeant mes faibles efforts du côté où sont le mal et le danger les plus pressants, j'essaie de faire comprendre à mes frères où est la Vérité, où est la Justice, et avec elle où est le remède. Heureux si mon exemple pouvait, en affermissant le courage des bons, ébranler l'indifférence des timides ou le mauvais vouloir des lâches!

EXPOSÉ

Dans la situation pénible et de tout point désastreuse où se trouve la France, il est vraiment étonnant que pas un homme de tête et de cœur n'ait pu surgir encore, afin de la relever du profond affaissement qui la tue. Quant aux hommes qui se débattent au pouvoir, il ne faut plus y compter, attendu que pas un d'eux n'a pu trouver ni une idée, ni un remède applicable aux maux de l'État et de la société.

Ce phénomène devrait étonner, ce semble, de la part d'une nation comme la France, si féconde jadis en grands hommes et si puissante en grandes choses.

La France n'a-t-elle pas été, dans le passé, le porte-étendard de la civilisation chrétienne en Europe et dans le monde? N'était-elle pas hier encore à la tête des peuples, fiers de son alliance toujours utile, et empressés de suivre en tous progrès son initiative?

Un tel phénomène devrait nous étonner, en effet, si nous ne savions pas que la République n'a jamais pu enfanter que des ambitieux sans vergogne, nullités présomptueuses, personnalités tapageuses de la tribune ou de la chaire, un Ferry, un Paul Bert, hommes avant tout suffisants, et que la France, soucieuse de sa dignité, saura bien un jour, je l'espère, bannir de ses conseils et de sa représentation.

Quels hommes, en effet, que ceux qui tout d'un coup, en plein XIXe siècle, ont pu infliger à la France des lois aussi liberticides que celles de la gratuité, de l'obligation et de la laïcité! Guerre à Dieu, à la religion et à ses vénérables ministres; guerre à la conscience des enfants et du père de famille! En vérité, cela dépasse les bornes de l'impudence.

Pour ma part, j'ose croire cependant qu'à

la rigueur, les hommes ne manqueraient pas à la France. Non, la foi en Dieu et en eux-mêmes ne manque pas aux Français ; mais ce qui leur manque et leur manquera toujours, c'est la foi en la République ! Et cela parce qu'on a voulu l'implanter sur un sol aride, où elle ne saurait prendre racine. Et comment inspirerait-elle la confiance, quand elle n'a jamais pu fonder la stabilité au milieu de nous, quand elle n'a, pour diriger nos destinées, que des hommes de parti toujours disposés à la curée, toujours prêts à l'exploiter, sans un seul homme d'État pour l'administrer et la servir.

Il n'y a pas un homme, en effet, parmi les innombrables sauveurs que nos Républiques ont produits, qui ait eu un dévouement absolu à la chose publique, et c'est pour ce motif que la République en France sera toujours inféconde. Les Républicains n'ont eu de tout temps, à la tête et dans les rangs de leur armée, que des ambitieux, et pas un homme de sacrifice, et c'est là ce qui les perdra, et qui perdra peut-être, ce qu'à Dieu ne plaise, notre France chérie.

La monarchie, au contraire, a de tout temps produit des hommes d'élite, qui non seulement ont dépensé leurs forces au service de la France, mais ont même sacrifié jusqu'à leur fortune privée pour le triomphe de ses intérêts et de sa gloire. De quel désintéressement sans limite pour le bien du pays n'avons-nous pas vu qu'étaient animés les de Villèle, les Richelieu, les de Corbière, les de Montbel! « Ils n'hésitaient pas, » selon le mot touchant de l'un d'eux, à « vider leurs poches » pour réparer les dettes que plus de vingt années de guerre et d'anarchie avaient accumulées sur la France.

Voilà des exemples qu'on est encore à attendre des Républicains.

Et nous resterions plus longtemps impassibles devant l'effondrement dont le pays est menacé? Non sans doute. Nous nous lèverons pour conjurer, par une restauration franche et sincère des principes sauveurs, par le rétablissement du droit dans la personne du roi légitime, les calamités et la ruine auxquelles nous condamnerait fatalement un plus long silence. L'anéantissement final, voilà quel serait le dernier mot de notre lâcheté et de notre abstention. Donnons-nous la main, unissons-nous, « aidons-nous, » selon le mot chrétien, pour marcher en lignes compactes et serrées à la victoire que Dieu réserve à ceux qui luttent. Il y aura encore de « grandes « choses accomplies de Dieu par la France. » C'est là mon vœu le plus ardent et ma plus ferme espérance.

DE LA RÉPUBLIQUE
EN FRANCE
OU
DE SES CONSÉQUENCES DÉSASTREUSES
DANS LE PASSÉ
ET DES MALHEURS INÉVITABLE DONT ELLE NOUS MENACE

CHAPITRE PREMIER

Dans ces considérations sommaires, je crois devoir commencer par caractériser en traits le plus fidèles possible, cette Révolution satanique, dont la République est devenue parmi nous la forme un moment populaire.

Comme une lèpre hideuse dont l'action dévorante s'exerce de proche en proche sur toutes les parties d'un corps affaibli et vicié, telle m'apparaît cette doctrine, parasite rongeur, chancre fatal, qui, s'attachant au corps social pour le détruire, en épuise peu à peu les forces et infecte chez lui jusqu'aux sources réparatrices de la vie.

Bien plus, — car la Révolution est aussi intelligente qu'elle est vivante, — elle a les entrailles de l'ange révolté qui, après avoir osé lever contre Dieu l'étendard de l'impiété, s'acharne depuis lors après l'homme, pour l'associer à sa perte. Ennemi sans pitié, car il est écrit que « les entrailles de l'impie « sont cruelles », elle s'attache sans merci, vampire insatiable, aux flancs des nations pour sucer le meilleur de leur sang, leur honneur.

C'est ainsi que l'athéisme, comme une gangrène animée, se répand aujourd'hui sur tous les membres du corps social.

Et qu'on ne nous accuse pas d'exagérer le tableau. Pas plus que Jonas, à qui les Ninivites voulurent imposer silence, nous ne voudrions outrer la vérité. Or, c'est notre conviction absolue (et plaise à Dieu, que nous ne parlions qu'en fiction, que nous fussions mauvais prophète !) c'est notre conviction la plus profonde, établie sur l'expérience historique, que la France révolutionnaire, à moins de se réfugier un jour dans la justice et dans la vérité, court à la mort, même temporelle.

Voyez encore ce parasite exotique, destructeur impitoyable de nos vignobles, jadis si florissants. Bien plus que lui dévastatrice, la Révolution frappe d'une atteinte mortelle tout ce qu'elle touche.

N'est-ce pas elle qui détruisit jadis ce gouvernement si glorieux et si bienfaisant des Bourbons, et ces institutions religieuses et politiques qui avaient fait la France si prospère et si riche, et ces corporations ouvrières auxquelles le travail dut si longtemps les garanties que lui refuse de nos jours une concurrence sans frein, et ces mille sociétés savantes et enseignantes qui peuplaient le sol de la France monarchique?

A leur tour, les institutions et le régime qu'elle avait substitués à l'ordre ancien ont été renversés par elle.

Et voilà qu'aujourd'hui, peu satisfaite des ruines accomplies par ses soins, elle s'attaque à l'Église, non plus dans la société, dont elle est la garantie et l'appui, mais dans ses prêtres, ses évêques, et son chef trois fois vénérable.

Que l'Église résiste et triomphe, que les Évêques unis à Pierre aient le dernier mot dans le combat qui se livre, nos ennemis eux-mêmes n'oseraient en douter. Car elle est, de sa nature, immuable, indestructible, divine.

Et les excommuniés qui l'attaquent encore avec la violence la plus outrageuse, ne tarderont pas à reconnaître sa puissance immortelle, dont l'évidence s'imposera dès lors aux plus prévenus comme aux plus aveugles.

Mais si l'Église est immortelle, il n'en est point ainsi des Gouvernements, même radicaux. Aussi, voyez où aboutit la Révolution, et comme, après être partie de la négation de Dieu et de son Christ, elle arrive logiquement au renversement de l'ordre social lui-même qu'elle prétend fonder. « Ni Dieu, ni maître ! » avait dit Blanqui. Et l'anarchie socialiste a répondu : « Ni autorité, ni gouvernement ! » Et la société, parvenue à la dissolution, ne sera plus désormais qu'un vil troupeau de brutes scélérates, capables de tous les crimes et de toutes les ignominies.

N'est-ce pas là qu'en viendrait le monde, si la

notion de la divinité disparaissait jamais de la terre? Plus d'autre règle ici-bas que celle de la force brutale, plus d'autre loi que celle de la destruction.

Et voilà cependant l'abîme profond que 93 a creusé au milieu de nous, et qu'une nouvelle expérience rouvrirait plus large et plus profond, si nous nous obstinions dans l'indifférence et l'oubli!

Quels efforts magnifiques ne fit pas la restauration pour relever la France révolutionnaire de ses calamités et de sa ruine! Le régime de paix et de sage liberté qu'elle nous procura, commençait à porter les meilleurs fruits, quand la conspiration libérale, la trahison anarchiste, réduisit à reprendre de nouveau le chemin de l'exil la famille glorieuse d'Henri IV et de Louis XIV, et cet enfant miraculeusement échappé au poignard assassin de Louvel.

Jamais gouvernement mérita-t-il plus de respect que celui de ces Bourbons frères du roi martyr? Quel roi fit de plus grandes choses et répara plus de désordres que notre Louis XVIII?

Car Bonaparte, malgré ses victoires, ne laissa à

la royauté que des ruines nouvelles à relever, et il fallait à la Restauration des prodiges de prudence et de sagesse pour effacer tant de maux et refaire la patrie.

Les de Villèle, les Richelieu, les Châteaubriand, les Martignac, pour ne mentionner que les plus illustres de ceux qui se montrèrent alors avec tant d'éclat, ne se distinguèrent pas moins par le dévouement et l'abnégation que par le talent, et rendirent ainsi au pays le plus signalé des services.

Ils en furent récompensés par la plus amère des ingratitudes.

Oui, le Roi remontant sur le trône après plus de vingt ans de révolutions et de guerres, fut le véritable restaurateur de la paix si longtemps attendue; il releva la gloire et l'honneur de la France, il porta vaillamment sa glorieuse épée; et sa politique eut, à l'intérieur comme à l'extérieur, de magnifiques résultats, et cela sans aggravation d'impôts au dedans, comme sans secousse aucune au dehors.

Ces ministres des finances de la Restauration trouvèrent le moyen de dégrever le budget, malgré les glorieuses campagnes de Morée et d'Espagne, qui relevèrent nos armes et couvrirent de gloire le drapeau blanc.

Il a disparu depuis, ce noble symbole, avec le régime qui le maintenait à la tête des armées françaises.

Il reviendra, n'en doutons pas, réparer les maux que son absence a faits à notre pays. Il reviendra dans la personne et par les soins de ce prince, aussi grand par le cœur et par le caractère que ferme par l'esprit et par la volonté, qui porte si haut devant le monde entier le nom de Henri de Bourbon.

La Restauration avait donc agi de manière à satisfaire les plus exigents. Mais pouvait-elle, quoi qu'elle fît, parvenir jamais à plaire à la Révolution? Car les miracles même irritent l'impie. Les rois auront beau faire, ils n'assouviront pas les appétits insatiables de la démocratie révolutionnaire. Qu'ils se contentent d'être paternels et débonnaires à l'égard des honnêtes gens, mais qu'ils soient d'une rigueur inexorable envers les méchants que la patience et la bonté ne font qu'encourager ou irriter. Bien plus, il faut réprimer, réduire, et, s'il était possible, anéantir la Révolution, — j'entends par elle l'hérésie maçonnique, — si nous ne voulons pas être réduits et anéantis par elle.

O injustice, ô ingratitude criminelles des hommes! ô démence, ô folie antipatriotique de l'orgueil! Périsse la royauté, périsse la nation plutôt que nos prétentions personnelles! Et voilà qu'après plus de cent ans de conjuration occulte, l'esprit révolutionnaire finit par renverser le trône quatorze fois séculaire de la monarchie.

O France, aux destins jadis si enviés, toi si puissante et si prospère, c'est au moment où le meilleur des rois s'efforçait de compléter l'œuvre des siècles en réformant tes institutions et tes coutumes, qu'une révolution exécrable est venue suspendre ta marche ascendante et te précipiter dans l'abîme! Quels outrages sanglants n'endura pas Louis XVI, de quelles calomnies n'eut-il pas à souffrir en attendant que l'échafaud de la « Concorde » fût témoin du crime le plus épouvantable qu'eussent accompli les hommes depuis le déicide des Juifs!

Rien de pareil s'était-il jamais vu? Un aussi infernal délire s'était-il jamais emparé de tout un peuple?

Or, après 93, c'est 1830. Les immenses bienfaits de la Restauration devaient aboutir à une seconde révolution, et les grands projets de la légitimité devaient se heurter à la prévention et à l'ingratitude libérales.

Aussi, quel châtiment attendait l'usurpateur! Comme la première Révolution et son héritier direct, l'Empire, le gouvernement issu du crime de Juillet, devait s'effondrer dans une soudaine catastrophe. Un banquet interdit, quelques barricades et quelques pamphlets, c'en fut assez pour renverser un trône élevé par la Révolution.

La République proclamée ne tarda pas à sombrer à son tour dans l'odieux et le ridicule. C'est le retour du régime et de l'impiété révolutionnaires. Aussi, que de sang partout répandu! Sous le sabre de Cavaignac, dix-huit mille victimes du fanatisme socialiste succombent sous le fer. Croyez-vous la Révolution satisfaite? Hélas! non, il lui faut encore des hécatombes; elle va dévorer, en moins de temps qu'il n'en faut pour aligner une rue, la République enfantée par elle.

Voilà donc l'Empire de nouveau proclamé. Louis

Bonaparte a su profiter, pour édifier son pouvoir, de la confusion et du désordre produits par les idées de Février. Le crime du coup d'État est absous par le suffrage populaire, et l'empire confirmé par la foule. Hélas! ce n'était qu'une forme nouvelle de la Révolution. Hypocrite raffiné comme Cromwel, Bonaparte caresse d'abord traîtreusement l'Église, qu'il ne tarde pas à livrer, après un semblant de défense, à ses pires ennemis de l'Italie et du dehors.

Qui dira les blasphèmes vomis, avec l'assentiment mal dissimulé de l'empire, contre le plus grand et le plus doux des Pontifes? Pie IX, quoique le plus libéral et le plus accompli des hommes, fut le point de mire des machinations du carbonarisme, dont l'Empire était alors le complice et Victor-Emmanuel l'agent parfaitement conscient.

Voilà l'histoire bien incomplète des crimes de la Révolution jusqu'en 70. Ne dirait-on pas que plus les maux de la patrie sont profonds, et plus aussi la Révolution s'acharne à les aggraver? Que va-t-elle faire cependant, après les ruines de la guerre la plus désastreuse et la plus humiliante de notre histoire? Ce n'était pas assez de la défaite et de l'ignominie. Il faut encore qu'élargissant son œuvre de mort, elle s'applique à renverser et à détruire jusqu'à la société morale elle-même.

CHAPITRE II

Que dire maintenant de ceux qui nous gouvernent, et comment caractériser cet athéisme officiel qui cherche à s'imposer aux consciences françaises, poursuivant ainsi l'œuvre révolutionnaire à laquelle ils ont voué leurs forces.

C'est de l'actualité qu'il me faut faire ici. Mais j'espère que la peinture, quelque malhabile qu'elle soit, à laquelle je suis obligé de me livrer, aura du moins un mérite, celui de la vérité.

Nul n'ignore l'ambition de nos maîtres du jour! Que cette ambition ne connût pas de bornes, nul ne l'ignorait jusqu'à ces derniers temps. Mais qui eût osé croire à tant d'outrecuidance et à si peu de pudeur que de renouveler, en enchérissant tous les jours sur leurs modèles, les faits et les scandales dont ils avaient été sous l'Empire les adversaires les plus violents?

Ce serait de leur part la plus impudente des palinodies, si nous ne savions que l'intérêt privé de ces hommes passe toujours avant ceux de la France. — Tant pis pour la France ! emplissons nos poches. — Ce n'est qu'au prix de l'or que se mesure leur patriotisme.

Heureux encore si leurs appétits s'arrêtaient là. Nous en serions quittes pour des pertes matérielles, et non peut-être pour la ruine.

Mais leur esprit d'oppression veut s'attaquer à la Religion elle-même et à ses ministres, qu'ils veulent prendre comme par la famine. Leur intolérance haineuse a pris pour prétexte l'obscurantisme prétendu de l'Église. Voilà les arguments, ou plutôt les calomnies, qu'ils font valoir contre elle ! Comme si les ministres du Seigneur, pareils à des aigles planant dans les hautes sphères de la pensée divine, ne surpassaient pas de beaucoup ces pygmées, vrais hiboux des nuits sombres, dont l'avidité cruelle a besoin, pour se satisfaire, du concours des ténèbres et de l'ignorance.

Voilà la différence de nos prêtres aux vôtres. Le génie de vos docteurs, qu'ils s'appellent Bert ou Ferry, n'est chez eux que l'effort d'une gredinerie pleine de malice. Le livre prétendu *civique* de l'un d'eux en est la preuve éclatante.

Mais l'Église n'est-elle pas accusée d'empiéter sur le domaine civil, aussi bien que sur le domaine intellectuel? L'État n'a-t-il pas le droit exclusif de diriger et d'enseigner? Toutes les questions morales, religieuses ou scientifiques, ne relèvent-elles pas de lui? N'est-il pas de droit l'émancipateur du peuple à l'égard de l'Église et de Dieu?

Disons que c'est là son but; mais ne disons pas que ce soit là son droit.

Oui, l'état libre-penseur veut détruire la foi dans les âmes, inoculer à nos enfants le poison de l'athéisme, afin de mieux asservir au joug un peuple sans croyance et sans mœurs. Voilà ce que prépare à la France la République libérale. Tel est l'odieux projet des sectaires. Ils font du despotisme à outrance. Mais leurs accusations contre l'Église ne soutiennent pas un moment la discussion. Tout cela est aussi faux que banal.

Est-ce que depuis sa fondation, le christianisme n'a pas donné des preuves constantes du contraire? Ennemi juré des erreurs qui obscuroissent la vérité, les vrais athlètes du vrai comme du droit, depuis Saint-Paul jusqu'à nos jours, se sont trouvés dans ses rangs. C'est elle qui, par ses Docteurs, a sauvé de la barbarie et du paganisme la société menacée, sans son secours infaillible, de retomber dans l'un et dans l'autre et de rétrograder ainsi de plusieurs siècles.

Il n'y a qu'un libre-penseur pour prétendre que les Chrysostome, les Augustin, les Hilaire, les Bossuet, n'étaient que des obscurantistes. Brid'oison prenait des vessies pour des lanternes et *vice versà*.

Ennemie des ténèbres, l'Église le fut également de la tyrannie, et ne supporta jamais sans protestation, pas plus dans le passé qu'aujourd'hui même, les entreprises de ceux qui voulaient asservir les individus ou les peuples. Émancipatrice constante des faibles contre les puissants, elle a soustrait aux plus affreuses misères les peuples encore dans l'enfance, en fondant parmi eux des institutions bienfaisantes; en relevant les esclaves de leur dégradation, en faisant connaître à tous les hommes leur noble origine et leur enseignant dans l'Évangile la vraie doctrine du perfectionnement et du progrès.

Porte-étendard, à toutes les époques, de la liberté

véritable et raisonnable, par là elle a conduit les hommes à la vraie civilisation.

Est-ce que partout où la croix n'a pu s'implanter, la barbarie ne règne pas en maîtresse comme sur des régions déshéritées et stériles ?

Ceux qui veulent anéantir la religion du Christ, sont donc de nouveaux barbares, plus dangereux que les premiers. Car ceux-ci acceptèrent la civilisation avec l'Évangile.

L'Église serait-elle l'ennemie du progrès, elle qui a toujours été la première à provoquer ou à accepter les améliorations utiles ? L'agriculture, l'industrie, les arts n'ont-ils pas été l'objet de ses encouragements ?

Le commerce n'a jamais eu de protecteur plus éclairé, et l'on sait combien la diminution des impôts, la liberté des transactions et la franchise presque entière des denrées, avaient favorisé la prospérité des États de l'Église et de l'Italie avant que l'unité piémontaise eût d'ailleurs tout bouleversé et supprimé dans la péninsule.

Que ne doit pas la culture moderne à ces moines si insultés du moyen âge et à ces Trappistes modernes de Staouëli ? Et nos missionnaires à l'étranger ne sont-ils pas les vivants témoignages de ce que j'avance? Les peuples qui ont suivi ou suivent encore l'impulsion de l'Église, ne sont-ils pas les plus heureux dans l'histoire?

Qu'a jamais fait l'Église, si ce n'est de convertir par ses apôtres, et de continuer par sa charité les bienfaits de l'Homme-Dieu?

Et c'est après de telles œuvres et devant un tel dévouement, que les libres-penseurs prétendraient « arrêter » l'Église sur la voie de « l'obscurantisme? Obscurantistes, n'est-ce pas vous plutôt, qui, dans vos officines de mensonge, élaborez péniblement des erreurs et des insanités malhonnêtes et criminelles? Voilà bien les sectaires qui voudraient réduire l'Église au silence!

Quelles illustrations offrez-vous comparables à ces philosophes qui eurent nom Descartes, Mallebranche, Leibnitz, Cuvier, Cauchy, qui toujours s'inspirèrent du dogme ou l'acceptèrent en démontrant l'accord parfait de la science et de la foi?

Le Clergé n'a-t-il pas compté dans ses rangs les Bourdaloue, les Fléchier, les Massillon, hommes brillants et solides s'il en fut, et d'une éloquence non égalée depuis? L'Église ne s'enorgueillit-elle pas aussi des Corneille et des Racine, des Molière et des Boileau, et de tous ces grands hommes dont s'honorent la magistrature aussi bien que les lettres, et qui donnèrent tant d'éclat au règne du grand Roi?

Nouveau Charlemagne, entouré des plus grands ministres, des plus savants capitaines et des plus renommés personnages en tout genre, Louis XIV dut précisément au caractère chrétien de son gouvernement les gloires et l'honneur dont brillèrent alors nos annales.

Et voyez le contraste. Tandis qu'alors tout marchait de pair avec la piété : le génie, la science, les arts, l'industrie, le commerce, l'agriculture, les vertus civiques ; aujourd'hui, grâce à l'orgueil ou à la sotte vanité de nos maîtres libres-penseurs, tout décline, tout marche à la honte et à la décadence. Les grands hommes du XVIIe siècle s'étaient formés selon l'Église, à la grande école du respect, ce qui ne les empêcha pas sans doute de battre l'ennemi de la nation ! Et nous, humiliés en pleine paix devant l'étranger, après les défaites les plus navrantes qu'ait vues l'histoire, nous portons la peine de nos impiétés et de nos crimes. Vous ne voulez plus de Dieu, Dieu vous punit par l'humiliation de la lâcheté.

Nous allons comme le XVIIIe siècle à des expériences épouvantables. Les soi-disant philosophes du dernier siècle, successeurs de Julien l'apostat, avaient abouti, pour avoir voulu méconnaître les bienfaits de l'Église, à l'échafaud de 93 et aux autels de la « Raison » ; mais ils n'ébranlèrent point l'Église, tant s'en faut qu'au contraire ils la consolidèrent, s'il était possible, sur le rocher immuable d'où elle brave les efforts de l'Enfer.

Remarquez d'ailleurs en passant l'ingratitude de ces hommes si ardents à attaquer l'Église. Ce sont ceux-là même qui, comme un Paul Bert, ont été l'objet de ses innombrables bienfaits, qui commettent aujourd'hui l'infâmie de l'abreuver d'outrages et de calomnies.

Mais si l'Église a fait des ingrats jusque parmi ses enfants, elle compte encore, Dieu merci ! parmi ses fils, une immense majorité, une majorité dévouée de défenseurs vaillants et intrépides. Avis à Paul Bert et à ses pareils.

CHAPITRE III

Réfutons ici plus amplement les assertions de ceux qui accusent l'Église d'empiéter sur les droits de l'État, de s'ingérer dans les affaires publiques et de s'arroger je ne sais quel droit de suppléer et de supplanter l'État en toutes choses.

Mai où voit-on que l'Église, quoique gardienne officielle et divine de la Morale et du Droit, se soit jamais permis, en matière politique, le moindre empiétement sur l'État? Quant aux questions religieuses dont le domaine lui appartient tout entier, vous ne nierez pas, je l'espère, que l'Église ne prétende y rester maîtresse absolue. C'est là son droit inaliénable, et cette souveraineté infaillible constitue précisément le christianisme catholique. Mais pour atteindre ce but si saint, pour garder les mœurs et enseigner le dogme, faut-il que l'Église reste confinée dans ses temples, sans action au dehors, comme les bonzes de la Chine ou les lamas du Thibet? Pourrait-elle accomplir sa mission divine, l'évangélisation des peuples, sujets ou rois, si son influence était ainsi bornée ou empêchée? Les apôtres ne se sont-ils pas répandus dans le monde; ne sont-ils pas « allés enseigner toutes les nations, » c'est-à-dire *tous les hommes* en tout lieu? Or, on sait que rien ne saurait arrêter l'Église dans l'exercice de son apostolat sublime, ni les persécutions, ni la mort, ni la politique des puissants, ni les hérésies, assistée qu'elle est jusqu'à la fin des temps de l'inspiration et de la force d'en haut. Car la promesse divine « je serai avec vous » est aussi actuelle aujourd'hui qu'au premier jour; il faut que la secte en prenne son parti: ses efforts acharnés n'arrêteront pas cet élan.

Et d'ailleurs l'Église n'existait-elle pas avant les Gouvernements, qui l'accusent aujourd'hui d'empiéter sur leur domaine? Avant que 93 n'inondât du sang de milliers de prêtres et nos places publiques et les prisons et la déportation, le clergé français n'était-il pas chez lui, sur cette terre qu'il avait défrichée et fécondée, et dans ces villes que ses mains avaient enrichies de tous les monuments de la science et de la piété? Et nos gouvernants qui jugent à propos d'arrêter encore les « empiètements » de l'Église, ne sont-ils pas aussi infâmes que les Robespierre et les Saint-Just? Glorieux empiètement, en effet, que celui qui a fait connaître au monde la charité du Christ! Encourageons plutôt que d'enrayer de tels empiètements, car ils sont un bienfait pour l'humanité.

Halte-là! dites-vous à l'Église, et vous portez sur elle vos mains criminelles. Mais on n'arrête pas aussi facilement la parole de Dieu que l'on arrête un malfaiteur des rues. MM. Grévy et Ferry, vous vous userez à cette œuvre d'iniquité, avant d'avoir pu accomplir tout le mal que rêve votre orgueil. Vous n'arrêterez pas le soleil dans sa course. L'histoire entière est là pour vous ôter cette illusion. Ni la famine, ni la peur n'auront raison de l'Église. Elle est essentiellement supérieure à tout besoin comme à toute crainte. Elle a affronté, nous l'avons vu, bien d'autres menaces et d'autres périls sans sourciller. Son unique souci, son unique ambition, est le salut des âmes et le bien-être spirituel des sociétés.

Imaginez-vous une armée de moucherons voulant

arrêter du bout de leurs ailes une locomotive lancée à toute vitesse. Telle m'apparaît la foule des détracteurs de la sainte Église, opposant à sa marche triomphale leur présomptueuse faiblesse. Voyez encore ces pygmées audacieux s'efforçant de déplacer les monts Pyrénéens dont la présence est pour eux une barrière importune.

Mais l'entêtement des idiots est sans bornes. Passons.

L'Église empiète, dites-vous? Eh oui! car elle tient de son fondateur les droits les plus respectables, droit primordial et incontestable d'enseigner et de régir, droit de redressement des mœurs et des erreurs, et tous les droits de Dieu lui-même.

Encore une fois, heureux empiètements que ceux-là!

Ce serait donc un bien grand malheur pour la France de venir encore une fois se briser, adversaire impie autant que folle, contre le roc sacré de la Vérité et du Droit. 93 recommencerait plus violent et plus sombre. Les crimes dont la société est de toutes parts assaillie s'aggraveraient encore et nous ne pourrions y échapper d'ailleurs que par l'Église. Ruines inutiles par conséquent et temps perdu dans le mal. Supprimez le soleil s'il est possible; et vous verrez les effets désastreux de son absence. O nuit profonde, ô chaos inénarrable des tempêtes révolutionnaires! Juste et inévitable châtiment de l'impénitence des hommes!

Et c'est pourtant là ce qui attend une secte aveugle, si elle s'obstine dans son mal. Les conséquences de l'impiété sont fatales, qu'on ne s'y trompe pas.

Oui, les doctrines bestiales de l'athéisme ostensiblement professées conduiront infailliblement les masses à l'abrutissement le plus complet et à tous les crimes qu'enfante un tel état. L'assassinat ne sera-t-il pas bientôt à l'ordre du jour? Voilà donc ces docteurs d'impiété devenus des docteurs d'assassinat!

C'est d'ailleurs l'expérience de tous les peuples. Le paganisme était arrivé par l'erreur aux derniers degrés de l'iniquité, de l'impudence et de la dépravation. *Rien de nouveau sous le soleil,* et les tenants de l'athéisme, qui copient si bien leurs devanciers de deux mille ans, nous ramènent tout simplement à l'antique paganisme.

Que veut dire libre-pensée? Changement indéfini, c'est-à-dire absence parfaite de doctrine et de principe; incertitude absolue sur l'avenir qui suit la mort, et sur la vie présente; point de consolation par suite, et pas de vertu solide, mais tous les vices et toutes les turpitudes; c'est l'immoralité fondée sur l'erreur.

Et voilà cependant ce qu'ils veulent substituer à la Vérité, et ce qu'ils veulent imposer à la France: la négation, un athéisme malfaisant, des doctrines ravalant l'homme au niveau de la brute, et prononçant solennellement sa déchéance, quand l'Église au contraire nous élève, par la raison et par la foi, à la dignité de roi et d'interprète de la nature créée.

Quel crime de chercher ainsi à détourner l'homme de ses destinées, de ne lui faire envisager que la terre pour tout bien et pour tout avenir, et de le matérialiser pour ainsi dire!

Aussi voyez, pauvres humanitaires, soi-disant philanthropes et soi-disant honnêtes, quelle débâcle se produit déjà dans vos rangs. Vous avez rampé pour arriver à vos fins inavouables; vous avez saturé l'esprit du peuple de vos mensonges et de vos balivernes ; et maintenant, parvenus au pouvoir, vous voulez régenter à votre façon la France chrétienne, et reléguer l'Église de Jésus-Christ parmi les antiquités surannées de nos musées! Mais c'est vous dont la malice et l'orgueil sont aussi vieux que le monde. Cartouche et Mandrin, non plus que Robespierre, n'étaient pas nouveaux. Depuis quand le progrès consiste-t-il à élever le crime et l'audace au pouvoir?

Pour moi, je préfère cent fois les empiètements de l'Église ma mère, à votre prétendu progrès. L'Église? je la placerais, si j'en avais le choix, au sommet de l'édifice social, gouvernant les rois et les peuples ; car, par là, je rendrais à la société le service de la délivrer de la folie furieuse de ceux qui veulent la corrompre afin de mieux l'asservir. En attendant, autant qu'il dépendrait de moi, je vous empêcherais de nuire.

Mais admettent-ils seulement la contradiction? La libre-pensée n'accepte ni la liberté, ni la lumière. Essentiellement despotique, elle supprime ses adversaires, trouvant plus commode et moins dangereux de les bâillonner que de discuter loyalement avec eux.

O hommes pétris d'orgueil et de suffisance, vous n'aviez donc capté les suffrages du peuple que pour faire de lui l'escabeau de votre ambition? Le peuple sera-t-il donc toujours si aveugle que les éternelles rengaines de ces misérables, que les manifestations carnavalesques de ces pantins ne l'éclaireront pas sur leur valeur et sur leurs intentions? N'ont-ils pas donné la mesure de leur incapacité, ces charlatans politiques si ardents à escalader le pouvoir, si prompts ensuite à s'enrichir, en un mot, si dévorés d'appétits de toutes sortes, que dans leur égoïsme ils perdent la patrie plutôt que de sacrifier une seule de leurs passions.

Je n'en veux d'autre preuve que les imprécations qu'ils lancent tous les jours contre tout ce que nous respectons et vénérons, que leur état permanent de révolte contre toutes les lois et j'ajoute contre la liberté, qu'ils foulent aux pieds après s'en être servis.

Et malheur à quiconque voudrait revendiquer son droit. On le supprimerait comme un simple

Jésuite! Voyez les décrets de l'ébouriffant et grotesque Cazot. Voilà les fruits de la libre-pensée: la haine, la honte et l'esclavage. La secte veut être tout, uniquement parce qu'elle est capable de tout pour arriver à ses fins. La lumière la gêne-t-elle? Elle l'enfouit sous le boisseau. Elle n'admet pas « ce choc des opinions, d'où jaillit la lumière, » et, dans sa drôlatique omnipotence, elle fait taire l'opposition des honnêtes gens. Pauvres électeurs, pauvres nigauds, vous voilà livrés sans défense aux expériences matérialistes de vos pires ennemis. Ils vous en feront avaler d'étranges, et je ne prévois que trop pour plus d'un communard futur, la déportation, l'hôpital ou l'échafaud!

CAAPITRE IV

« La France est assez riche pour payer ses écoles, » insinuait naguère M. Paul Bert dans un discours aux instituteurs.

Mais on sait tous les accessoires que réclame l'enseignement gratuit, obligatoire et laïque. On sait de plus tous les autres crédits qui grèvent de plus en plus depuis 70 notre budget. Et nous croyons tous savoir qu'au train dont on mène les choses en la 3e République, notre malheureuse patrie succombera peut-être sous le faix immense des charges publiques. Tous les prétextes sont bons pour grever les impôts.

Sous nos rois on économisait, disons-nous, pour alléger le peuple. Aujourd'hui tel emprunt d'un milliard passe inaperçu. Et le mal empire chaque année ; et la ruine et la honte que des financiers en délire auront provoquées feront bientôt de nous la risée de l'Europe.

Nous sommes assez riches pour faire des largesses ? L'impie Paul Bert ignore-t-il donc que près de trente-cinq milliards, en y comprenant le budget, constituent la dette de la France ? Que cette dette ne s'amortit pas, mais va croissant tous les ans par les extravagances de nos gouvernants ? Alors même que notre ruine ne serait pas le but que vous poursuivez, elle sera l'œuvre de la secte dont vous êtes, Monsieur, l'un des coryphées. Aussi, les plus implacables contre Dieu seront-ils justement les plus humiliés et les plus châtiés.

A nous, conservateurs, hommes énergiques et honnêtes de tous les rangs, à nous liguer pour arrêter la France sur la pente fatale où l'entraînent des empiristes sans vergogne.

C'est quand la France est grevée d'un tiers, quand nos vignobles sont détruits, que l'industrie chaume partout, que notre marine est aux abois, que des faillites épouvantables paralysent le commerce et la confiance, que les capitaux se cachent d'une part, et que la misère frappe en vain à nos portes ; c'est dans un tel moment qu'un franc-maçon, qu'un fanatique, ose impudemment proposer de folles dépenses ! Quelle trahison ou quelle odieuse spéculation sur nos souffrances et nos malheurs publics !

Où trouver des gens plus nuisibles que ces hommes, qui comme Paul Bert, s'imposant à leurs subordonnés dans un moment de désordre, viennent leur dire : « Voilà ma panacée, elle est infaillible ; usez-en, et tout ira bien ? » Ne sont-ils pas plus désastreux que tous les fléaux ensemble ? Le mal que font ces hommes est en un sens irréparable, car ils perdent à jamais les âmes et ruinent toute religion et toute morale.

Mais ces hommes disparaîtront plus tôt qu'on ne pense, du milieu de nous. Espérons-le, car il y a une Justice, dont nous n'avons jamais douté. La secte maçonnique aura son jour qui ne saurait tarder. La plaie sociale qu'elle a engendré guérira. Et plût à Dieu que nous n'eussions pas à déplorer d'avance le sang versé et les malheurs de toute sorte que la crise prochaine prépare à la France.

Déjà, car je ne croyais pas, au moment où j'écrivais ces lignes, être si bon prophète, le grand ministère Paul Bert est tombé dans le ridicule. Les mains inhabiles des auteurs de l'article 7 n'ont pu retenir le portefeuille de la morale publique, je veux dire de l'enseignement laïque et du mariage civil. Ces ministres du mal, ces auteurs de scandale public qui croyaient tenir l'avenir de notre génération, ne remonteront peut-être jamais au pouvoir. (1)

Peu importe d'ailleurs, hélas! que les Ferry ou les Paul Bert soient ou non personnellement au ministère. La secte nous gouverne encore sous d'autres noms. D'autres « hommes d'État » sont là pour nous infliger devant l'Europe la honte des lois aussi ridicules. La Loge veut remplacer l'Église, pour mieux parvenir à ses fins détestables et nous ravir notre foi séculaire. Et de là l'enseignement athée, que dans leurs conciliabules ils ont résolu de donner à la France. Corrompre la jeunesse, abrutir les cœurs et les intelligences en chassant l'amour de Dieu de l'âme du peuple, tel est leur but avéré, leur but satanique.

Œuvre infernale, en effet, à laquelle ils s'appliquent d'une manière aussi absolue qu'elle est hypocrite.

(1) Lorsque j'écrivais ces lignes, Jules Ferry venait d'être renversé.

Et nous nous tairions! Et nous serions assez lâches pour ne pas combattre de toutes nos forces les desseins de ces hommes néfastes, pour contempler paisiblement l'œuvre de destruction de ces Vandales, et pour ne pas mettre au ban de la nation ces tenants de l'Enfer!

CHAPITRE VI

Tout le monde le comprend à présent, et les derniers votes des chambres ne permettent plus l'illusion à ce sujet : on veut la décadence morale du pays, on veut déchristianiser la France. Quelque incroyable qu'il pût paraître, leur projet n'est pas douteux, et les premières bases en ont été posées avec le lâche sentiment d'une complicité sans exemple dans les annales du parlementarisme.

Que faire donc pour répondre à ces attaques de la légalité contre le droit, contre la liberté de conscience et contre la morale ? Pour ma part, je ne vois le remède et la sécurité que dans la ligue religieuse, vraie ligue *du bien public* celle-ci, établie, conduite et composée, sur tous les points du pays, par tout ce qu'il y a d'hommes de cœur, pères de famille ou citoyens, ayant souci de leur dignité d'hommes libres et de chrétiens. Que quiconque a à cœur la foi de ses pères et l'indépendance, soit prêt à défendre, au péril même de sa vie, les principes fondamentaux et vitaux de la nation, en un mot, les éléments sans lesquels tout périrait désormais infailliblement dans la patrie.

Que si l'on n'ose se lever en masse pour répondre aux outrages dont nos consciences sont l'objet, ne désespérons pas pour cela. Ayons le courage d'agir pour notre part efficacement autour de nous. Affirmons sans mollesse nos convictions par toutes les voies de la manifestation légale. Sachons revendiquer nos droits les plus sacrés de pères et de citoyens. Que les dames chrétiennes fassent écho à ces protestations : il y a chez la femme pieuse plus que de l'héroïsme, il y a la charité. Que l'épouse donc, que la mère de famille se joigne à nous pour défendre, d'un amour indigné, ce qu'elle a de plus cher au monde, l'âme de ses enfants, contre la plus audacieuse des infâmies. Son énergie, doublée par la foi pratique, est assurée de vaincre.

Mais encore une fois, agissons de concert et prions. Il existe déjà d'ailleurs un comité d'action, dont l'organisation, s'étendant dans les moindres communes, permettra de fonder des écoles libres et gratuites en même temps que de maintenir les anciennes. Groupons-nous autour de ces hommes, et n'oublions pas que le sacrifice de l'action joint à l'exemple de la parole et au recours de la prière, peut sauver notre France !

Un mot sur l'organisation de cette œuvre si utile des écoles libres. Nous avons entendu ces jours derniers le plus éloquent orateur de la tribune catholique, M. Albert de Mun, développer devant nous le programme de la résistance légale. Qu'avons-nous à faire autre chose, que de seconder par tous les moyens faciles le zèle et le dévouement du comité central de fondation des écoles chrétiennes? Surtout, que le sacrifice pécuniaire, ajouté à celui de l'action, vienne apporter à l'effort commun l'arme nécessaire de toute lutte, l'argent. Qu'un ou plusieurs chefs de dizaine, institués dans chaque paroisse sur le modèle des collecteurs pour la propagation de la foi, soient chargés tous les dimanches de prélever le sou de semaine des écoles libres pour l'opposer à celui des écoles laïques.

Les parents chrétiens des villes et des campagnes se feront un devoir d'adhérer à cette œuvre sociale.

Les souscriptions paroissiales centralisées aux mains du curé ou du trésorier, seraient ensuite réunies par la voie cantonale entre les mains du doyen, qui les transmettrait à la caisse diocésaine.

Ainsi cette œuvre si nationale deviendrait en outre véritablement populaire. Acclamée déjà de tous les partis honnêtes, elle n'est l'objet des calomnies que des auteurs de la loi maudite.

Oui, ils sont d'avance avec nous, tous ceux qui ont encore souci de la vraie liberté, si astucieusement soustraite à la nation. Une loi si audacieusement athée ferait rougir de honte les Canaques même, et nous ne la repousserions pas par notre exemple et par notre or ?

Arrière donc les projets et les lois criminelles de ces suppôts de la secte ! Arrière la pire de toutes les tyrannies, la tyrannie maçonnique ! une telle oppression déshonore ceux qui la supportent.

Que pas un ne manque donc à l'appel. Il y va de la vie ou de la mort de nos enfants.

DE LA CRISE RÉVOLUTIONNAIRE

ET

DES MALHEURS QU'ELLE PRÉPARE

A LA FRANCE

I

Ce serait méconnaître singulièrement l'action de Dieu dans le monde, que de douter un seul instant des châtiments, même temporels, qu'il réserve et à ses ennemis directs et aux indifférents qui par leur silence encouragent, au lieu de les arrêter, les détracteurs de Dieu et de son Église.

Il y a longtemps que de saints religieux ont prédit les malheurs affreux qui menaçaient la France impie, si elle tardait plus longtemps à repousser de son sein le mal révolutionnaire qui déjà dans le siècle dernier l'avait conduite à deux doigts de l'abîme.

Ces calamités, annoncées entre autres par une pieuse religieuse en 1816, devaient éclater lorsque les sectaires de la franc-maçonnerie, devenus infiniment nombreux, seraient parvenus au gouvernement en Italie et en France. C'est le moment qu'ils choisiront pour détruire l'Église et effacer jusqu'au nom et au souvenir de Dieu. Ils chercheront à ravir aux pasteurs des âmes le droit d'instruire et de moraliser la jeunesse. Les pères de famille eux-mêmes se verront enlever la possession de leurs enfants. Plus d'autorité, partant plus de morale et de société constituée. La société cessera d'être, avec les principes qui la conservent.

Quand les méchants, poussant des cris de rage, s'ameuteront contre les bons, contre les prêtres, contre Dieu, et prêcheront la guerre contre la religion de Jésus-Christ, alors éclateront les malheurs prédits. Alors aussi, dans l'espérance d'une victoire certaine, ils feront d'ignobles décrets contre les ministres de l'Église, qu'ils arrêteront comme de vils malfaiteurs au moment où ils porteront aux mourants les consolations de la foi. Ce sera le signal de la crise suprême. Mais malheur aux impies, car c'est lorsque tout semblera perdu pour les justes que Dieu délivrera les siens et fera éclater ses vengeances contre ses ennemis.

Rappelez-vous les châtiments infligés par lui aux Israélites prévaricateurs. De même il frappera sans pitié ceux qui auront abusé de ses faveurs spéciales et foulé aux pieds le sang de sa Passion. Notre vie coupable, notre conduite méchante ou indifférente à l'égard de Dieu, ne sera point épargnée en ces temps de deuil et de larmes, si nous ne revenons à résipiscence. A nous de prévenir, par la prière et par la pratique chrétiennes, les vengeances du Ciel.

II

Les voici venir à grands pas les affreuses journées prédites par des voix inspirées! Les voici venir avec la suite lugubre des maux que des crimes sans nom ont attirés sur nous! Nous avons chassé Dieu de notre patrie, l'expiation ne se fait pas attendre. Malheur à nous si nous ne faisons bientôt pénitence! Les justes eux-mêmes trembleront d'effroi et diront le cœur contrit : « Passez, passez, ô justice « de Dieu, et ayez pitié de nous ; toutefois, que vos « saints et adorables décrets s'accomplissent dans « le temps comme dans l'Éternité ! »

III

Que si ces prophéties, d'ailleurs toutes personnelles et dépourvues de toute autorité dogmatique, ne sont point encore accomplies, n'est-il pas évident aux yeux d'une foi éclairée et pieuse, que c'est grâce à Marie-Immaculée, dont les mains puissantes retiennent le bras vengeur de son divin Fils tout prêt à nous frapper ?

Le courroux du Ciel ne saurait cependant tarder à s'appesantir sur nos têtes, car nous ne cessons d'outrager et le Fils et sa Sainte Mère, dans leur amour infini. Malheur donc à ceux qui resteraient sourds aux avertissements suprêmes d'en haut ! Il n'y aura plus de miséricorde pour eux ici-bas.

O Vierge Marie, ô Mère auguste du divin Rédempteur et notre gracieuse mère, ô vous qui êtes apparue à la jeune Bernadette Soubirous dans la grotte miraculeuse de Massabielle, et qui, depuis, ne cessez de prodiguer vos bienfaits aux âmes et aux corps malades, détournez de nous par votre intercession les fléaux qui nous attendent ; veuillez toucher ce peuple ingrat et rebelle, rendre à notre patrie sa splendeur disparue et nous conduire au bonheur du temps et de l'Éternité. Ainsi-soit-il.

IV

L'inspiration prophétique a cessé de souffler, comme aux temps qui précédèrent la venue du Messie, sur des âmes privilégiées, et l'on ne voit plus que rarement des saints ou des personnages pieux prononcer des oracles sur l'avenir. Toutefois la raison chrétienne a d'elle-même inspiré plus d'une fois des hommes à l'esprit docile et au cœur droit, des écrivains nourris à l'école du « crucifix, » comme les Joseph de Maistre et les Louis Veuillot. C'est pourquoi nous ne saurions résister au désir de citer (par où d'ailleurs pourrions-nous mieux terminer cet opuscule) une page de ce dernier, écrite en 1848, et qui s'est trouvée être, par la confirmation des événements, une prédiction de la commune de Paris, tracée vingt-deux ans à l'avance :

« Il sera dit qu'une société existait, assez enflée de sa science, de sa force, de sa richesse, de ses splendeurs, pour avoir cru qu'elle se pourrait passer de Dieu, et que même elle en serait d'autant plus grande, plus forte et plus heureuse ; qu'en effet, cette société a chassé Dieu de ses lois, de ses coutumes, de ses arts, de ses écoles et du cœur des peuples ; qu'elle s'est glorifiée de posséder des codes athées, d'honorer partout les docteurs de mensonge, et que, souriant à ceux qui lui criaient malheur, elle a répondu : « Voyons ce que fera ce grand « Dieu ! » Qu'alors la nuit s'est faite, et les tonnerres ont éclaté, et les superbes ont eu peur ; qu'ils se sont rassurés promptement, parce qu'ils n'ont pas vu tomber partout la foudre ; qu'ils ont repris leur audace, que leur aveuglement s'est accru ; qu'ils ont dit : « Nos armées sont fidèles, la rente approche « du pair ; décidément nous n'avons pas besoin de

« Dieu ! » que les sourds ébranlements de la terre ne les ont pas avertis ; que, se jetant sur les restes du festin interrompu par l'orage, ils se sont écriés : « Si Dieu veut revenir parmi nous, il y sera le « gardien de nos richesses et de nos plaisirs ; nous lui « fermons nos cœurs, mais nous consentons à placer « sur la limite de nos champs ce fantôme encore « respecté ! » Qu'enfin, de la fange des capitales une armée s'est levée, composée de tout ce qui faisait pitié et de tout ce qui faisait horreur, commandée par les hommes dont, après Dieu, on avait le plus ri : et que la société, tombée presque sans coup férir au pouvoir de leur foule abjecte, n'a pas même vu les visages et pas même connu les noms de ces ignominieux vainqueurs. »

FIN

556 — Bordeaux, Imp. Saint-Paul (O.-L. Favraud), 30, Place Pey-Berland.

www.ingramcontent.com/pod-product-compliance
Ingram Content Group UK Ltd.
Pitfield, Milton Keynes, MK11 3LW, UK
UKHW020421230726
13925UKWH00004B/1551